Der Flaschengeist
aus Colonia Kapitulana

von
Bassima Khoury

Der Flaschengeist aus Colonia Kapitulana

Eine Novelle

Fiktion

von
Bassima Khoury

Bibliografische Information der Deutschen Nationalbibliothek:
Die Deutsche Nationalbibliothek verzeichnet diese Publikation in der Deutschen Nationalbibliografie; detaillierte bibliografische Daten sind im Internet über http://dnb.d-nd.de/ abrufbar

Der Flaschengeist aus Colonia Kapitulana

Autorin: Bassima Khoury
Illustrationen: Bassima Khoury
Einbandgestaltung, Satz, Layout und Bildbearbeitung: Ferial Khoury-Bec (BirdtreeBlue concept, France).
Schrift: Futura, Ar Berkeley, Palatino Linotype.

Herstellung und Verlag:
BoD – Books on Demand, Norderstedt

ISBN: 9783750404694

MIX
Papier aus verantwortungsvollen Quellen
Paper from responsible sources
FSC® C105338
FSC
www.fsc.org

Inhalt

Der Flaschengeist
aus Colonia Kapitulana

Ein seltsamer Fund
Im Jahr 2119

Das Meer tobte, und die angekündigte Schlechtwetterfront kam immer näher. Bevor der Sonntagsspaziergänger den Strand verließ, entdeckte er einen merkwürdigen Gegenstand, der von Algen umschlungen war. Er hob den Gegenstand auf und erkannte, dass er eine bauchige, stark patinierte Flasche mit unbekanntem Inhalt in seinen Händen hielt. Um die Flasche zu entkorken, benötigte er viel

Kraft. Ein kleines Wölkchen und ein kalter Lufthauch kamen ihm entgegen - *"ach, oh, das ist nur der Druck des Vakuums"*. Das Innere bestand aus einer fetten und gut erhaltenen Papierrolle. *"Hurra, die erste Flaschenpost meines Lebens!"*. Er ging schnell fort, um die Angelegenheit im Trockenen genauer zu betrachten und, falls der Inhalt immer noch intakt war, genauer zu erkunden.

Der Finder, der ein renommierter, doch nach vielen Zeitverträgen prekär lebender Akademiker war, wickelte die Rolle auseinander und fand ein ellenlanges Schreiben in feiner Handschrift vor. Er fing an zu lesen. Erstaunlicherweise berührte ihn der Text sehr. Später, nach langem Überlegen, warf er die Flasche samt Inhalt verschlossen wieder zurück ins Meer. Danach verkaufte er sein Haus für *"einen Appel und ein Ei"* und wurde nie wieder gesehen.

Die Quintessenz der handschriftlich abgefassten Seiten, die in der gut verschlossenen Flasche vor Vernichtung bewahrt wurden, und wovon sich der unglückselige Finder geschwind getrennt hatte, las sich wie folgt:

Meine dystopische Welt

Mein Prolog
Geschrieben von einem widerspenstigen Namenlosen XY. Nicht zielgerichtet. Aktueller Zustand: unbekannt.
Anno MMXIX.

Liebe Nachwelt,

nach lähmender Langeweile habe ich mich entschlossen, mein Tagebuch der Nachwelt zu hinterlassen. Ich schreibe meine Erfahrungen, Ansichten und Empfindungen auf. Ich bevorzuge die Form des Dokumentierens, des Verewigens der schwindenden Gedankenstriche.
Es handelt sich um meine Memoiren, "ohne

wirkliches Datum". Wozu überhaupt ein Datum? Gestern, vorgestern und vorvorgestern! Immer das Gleiche und niemals besser. Das Einzige was meine Seele wärmte war mein Kamin, die tanzenden Flammen, die die dunklen Sphären erhellten, der Duft der Zweige und der Tannenzapfen. Ich habe Ruhe und Frieden gefunden. Falls jemand, gleichgültig wer, meine Dokumentation lesen sollte: Mein Dekadengedankenstrich-Buch besteht aus meinen Lebensabschnitten X, Y und vielleicht schaffe ich noch die Phase Z. Mal sehen, wie weit ich komme. Ich erzähle keine Märchen, das ist kein Schelmenroman.

Alles beruht auf wahren Begebenheiten!

Ich hoffe, dass die Welt in Zukunft besser aussieht.

XY

Lebensabschnitt X

X, E-X-odus, ἔξοδος, X-Ray

Die Zeit vor dem Nullpunkt

Die Befreiung vom Pakt

Wer ich bin?

Welch ermüdende Frage!

Wenn Menschen mich fragen, wer ich bin und woher ich stamme, dann wende ich meinen Blick zu den Bäumen und mein Gehör zu den zwitschernden Vögeln oder ich starre in den Himmel und zähle die flatternden Fledermäuse oder die hellen Pünktchen der Milchstraße.

Ich entsprang wie ein Phönix aus dem Hause der philiströsen Geheimnistuer und der holden Wissenschaften. Damals war das Entbehrliche üppig vorhanden. Doch möchte ich hier nicht damit prahlen. Ich genoss die beste Erziehung und eine Elite-Bildung. Habe ich dich jemals gefragt, wer dich geboren hat und in welchen reichen oder armen

Gärten du vormals gespielt hast und ob du jemals einen Garten betreten hast?

Es wird behauptet, dass die *Birne* nicht weit vom Baum fällt. Es scheint teilweise zu stimmen. Dieser Spruch passte in die erste Hälfte meines dünkelhaften Daseins. Beruflich war ich sehr weit gekommen - bis zu einem gewissen Punkt, den ich als Nullpunkt bezeichnen möchte. Mein Werdegang war linear geprägt, ich war sehr erfolgreich, bis mich die verzwickten Umstände in eine andere Welt katapultierten. Darüber berichte ich hier.

***

Meine berufliche Laufbahn erwähne ich hier schnell und nur in Stichpunkten: Physiker. Atomforschungsanlage. Geheimnisträger in einem Staat, der für seinen desaströsen Geheimnisse legendär war und für sein preisgekröntes Motto eine Goldmedaille besaß: *"Alle sind gesund und munter. Wir beherrschen die Zukunft"*!

Und überhaupt, auch das Weltall.

Oft wurde ich gefragt: *"wie habt ihr euch vor Kontaminierung geschützt?"*. Diese nervigen Fragen! Antworten war nicht gestattet, so wollte es die Institution. Die Entgegnung funktionierte folgendermaßen: Die Substanz bestand aus Banalem und Schweigen war Gold. So sah die einlullende Ideologie der modernen Arbeitswelt aus.

Na wenn schon! Die Schutzanzüge waren Mangelware und die Putzkolonnen wurden innerhalb kurzer Zeit radikal ersetzt, denn sie wandelten sich viel schneller in anorganische Materie um, als die Physiker und die Techniker. Selbst Dr. Frankenstein hätte hier versagt.

Ich erinnere mich gut an den netten Wächter, der vor dem Reaktorgebäude positioniert war. Sein freundliches Gesicht und sein Grinsen vergesse ich nie, er hatte eine große Zahnlücke. Er musste eigenhändig die ungekennzeichneten und minderwertigen Fässer bis zum Laster rollen. Der Laster besaß kein Firmenlogo, keine Schilder und keine Warnung vor gefährlichen Stoffen. Mit der Kippe im Mundwinkel sang der Wächter: *"Nützliche Ware für das Ausland! Das sind unsere feinen, lieblichen Produkte!"*. Unwissenheit macht glücklich. Eigentlich handelte es sich um *"lieblich strahlenden Industriemüll"*, der in gebeutelten Ländern unsachgemäß und günstig und in der Nähe von ärmeren Siedlungen oder an Stränden entsorgt werden sollte. Nur so eingebuddelt!

Der Wärter mit der Zahnlücke hatte oft *"Rückenweh"*. So bezeichnete er sorglos seine vielen Beschwerden und gab trotzdem niemals auf. Er hatte fünf Kinder zu ernähren! Er mimte deswegen eine falsche Fröhlichkeit, um den Anschein zu erwecken, dass die Arbeit seiner Gesundheit nie zur Last fallen würde. Wer weiß, vielleicht ist er heute der erleuchtete Torhüter der Hölle, - das ist ohnehin dasselbe.

Die weiteren nervtötenden Fragen lauteten oft sehr einheitlich: *"Ist die Umwelt nicht zu Schaden gekommen? Die Anlage liegt doch an einem großen*

Fluss!". Ich trällerte darauf das altbekannte Lied aus dem niedlichen Musical: *"Es grünt so grün, ...!"*. Das klang vorteilhafter als *"London Bridge is falling down"*! Gewiss doch. Die Blumen gediehen, der Boden um die Forschungsanlage war schließlich makellos gedüngt. Keiner außer den eingeweihten Geheimnisträgern wusste damals, dass sich hinter dem Reaktor ein Totenacker befand, ein stark zugewachsenes und als *"Naturschutzgebiet"* beschildertes Gelände. Das Gelände war, ungelogen, streng umzäunt. Oft wurde nachts eine längliche Holzkiste in den Boden gesenkt, besonders nach diversen mysteriösen Vorfällen. Von wegen mit Blei ausgekleidete Särge - von wegen Grundwasser- und Naturschutz!

Wenn man die im Dickicht halb verborgenen Grabsteine genauer betrachtete, dann konnte man ein solches Desaster genauestens datieren, selbstverständlich *"ante quem"*. Die Steine waren mit Namen und Sterbedatum versehen. Mindestens

hundert Gräber mit dem gleichen Sterbetag stammten, meines Wissens, aus dem berüchtigten "Gebäude $\Omega\mu\acute{\epsilon}\gamma\alpha$". Glücklicherweise war ich nie dort, mein Block fing mit dem Buchstaben Alpha an, er hatte den besseren Ruf und wurde angeblich vor circa 30 Jahren "topmodern" renoviert.

Hebt man die grünen, dicht-wachsenden Sträucher und das Gestrüpp an, findet man sie alle. Auch die seinerzeitig diensthabenden Alphatiere liegen dort. Dr. Hawk, Dr. Canaglia, Professor Mauerblümchen und viele andere. Vorsichtshalber verwende ich nur Pseudonyme in meinem Bericht. Todesdatum: 5-7-57. Das war lange vor meiner Zeit. Trotzdem wurden die internen Geschichten innerhalb der Anlage immer weiter tradiert, oft wurden sie verniedlichend in Pseudomärchen umgewandelt, von wem auch immer. Angeblich landeten an jenem schicksalhaften Tag ein paar liebliche Laborbehälter mit der fatalen Hammer-Dosis aus versehen in der Spülmaschine, mit allem Geschirr!

Als Geheimnisträger durften wir der Außenwelt gar nichts erzählen. Als Verräter abgestempelt zu werden? Das konnte ich meiner Familie nicht antun - was sollen die Nachbarn denken? Der "Offizierissimo", ergebener Lakai des "Generalissimo", würde das Wort "Dissident" auf unsere Stirnen stempeln und die ganze Familie in die "Verkehrte Siedlung" schicken. Winter ohne Heizung bei Minustemperaturen? Horror! Wir hatten keine andere Wahl, als zu schweigen. Ich erzählte sogar meiner Frau gar nichts über meinen beruflichen Alltag. Sie war sehr bequem und fragte mich auch nicht - ach, wie erleichternd!

Ich war nicht der Einzige, der heimlich einen Geigerzähler zu Hause versteckte. Am schlimmsten piepste der Geigerzähler, wenn ich ihn zu nahe an meine Manteltasche hielt. Schade, wie vergesslich ich doch war. Oft kam es vor, wenn ich morgens das Haus in Eile verließ, dass ich mein in Cellophan eingepacktes Butterbrot dort verstaute.

***

Der Nullpunkt kam näher als je zuvor.

An jenem Tag, als unsere Zwillinge, beide Jungs, stolz mit ihren Abiturzeugnissen zu Hause einmarschierten, sagte ich plötzlich zu meiner Frau: *"Pack sofort die Taschen! Bitte nur das Notwendigste, unsere Dokumente und Zeugnisse! Wir müssen fortgehen"*.
Sie verstand die Welt nicht mehr.

Ich hatte meinen Beruf an den Nagel gehängt, um unsere Kinder vor dem Militärdienst zu schützen. Das Land schickte die jungen und unerfahrenen Männer, die noch Kinder waren, in den Krieg. Kanonenfutter im Namen der Rohstoff-Versorgung und im Namen der dämlichen Stellvertreterkriege!
Ich musste meine Söhne schützen. Wir verließen das Land im Dunkeln, ohne uns zu verabschieden – niemand durfte es erfahren, auch nicht die Freunde und schon gar nicht der staatliche Reaktor-Chef, der mit dem hohen Rang eines Fünfsterne-Generals.
Wohin gehen? Ach, die Loreley erschien so oft

in meinen Träumen! Ja da gehe ich hin, zu den mythischen Wogen, den Heldenburgen und den Drachenhöhlen, zu den Sehnsüchten der romantischen und vom Weine berauschten Dichter, zu den Denkern und Philosophen, die den Ausstieg aus der Unmündigkeit erprobt hatten. Solche Worte erschienen damals leider nur in den Morgenblättern für die Salons, währenddessen strömten draußen auf den belebten Straßen die Buchstaben wie der Regen an den Unmündigen vorbei, denn nicht jedes Menschenkind konnte im 18. oder im 19. Jahrhundert lesen. Heutzutage ist es mit der Unmündigkeit nicht viel anders, die Meisten sind oft unkritisch und lassen sich sehr leicht steuern.

Auch ließen sich von jener mythischen Landschaft Welt-Pilgernde und interessante Weltgeister aus der Fremde beeindrucken, wie Lord Byron. Er ertrug seine Heimat nicht mehr und irrte in der Welt umher, um das irdische Leben und um neue Milieus zu erkunden, bis er sich entschloss, Freiheitskämpfer zu werden. Er hinterließ wenigstens eine schlaue Tochter! Ada, die allererste Programmiererin! Was wäre die Welt heute ohne sie?

Ich beendete den Pakt mit dem Teufel und zog, um meine Familie zu schützen, ahnungslos und beschwingt in die romantische Welt in weite Ferne.
Der Geigerzähler und der olle Mantel blieben zuhause. Wer das Haus durchsuchen musste, der konnte, von mir aus, das liebliche Piepsen mit *Bedacht* genießen.

Jauchzend, himmelschreiend vor Glück, ließ ich ein dämonisches System hinter mir, in dem ich so lange gefangen und befangen war.
Zumindest dachte ich so damals.
Ich fühlte mich befreit, wie die märchenhafte Spukgestalt, die endlich aus der engen Flasche entkommen konnte. Vorbei mit der giftigen Geheimnistuerei im Namen der Wissenschaft, - *pssst: im Namen der Industrie*. Vorbei mit der

Verlogenheit im Namen der Obrigkeit, die angeblich im Namen des Volkswohles agierte. Vorbei mit einer Kettenreaktion der verschiedenen Zwänge, die zum vermeintlichen Schutze der Allgemeinheit essentiell waren.

Wie ich später erfuhr, wurde meine Rolle als dienender und guter "Geist in Ketten" sogleich von meinem jüngeren Nachfolger, einem Streber, mit überglücklichen Demutsgebärden übernommen. Ein typischer Kleingeist, der sofort alle Wünsche seines Chefs von den Lippen ablesen konnte, schon bevor sie ausgesprochen wurden! Er wird sich nachträglich nur wundern!

Alles Gute, junger Mann, und vergiss den Geigerzähler nicht!

***

Lebensabschnitt Y
Ypsilon, Ὑψιλον, Yankee
Die Sphäre um den Nullpunkt herum
Im Land der Dichter, Denker und der Sagen

Wie weiter?

Das neue Land hieß Colonia Kapitulana. Es gab viele Orte mit dem Namen Colonia, Schuld an den Namensduplikationen waren jene Kolonialherren aus vorvergangener Zeit. Wenigstens waren ihre Bekleidung und ihre Ausstattung viel bunter als die verdammt langweiligen Mao-Anzüge.

Wenn schon. Ich wusste nicht, dass es schlimmer kommen konnte. Der erste teuflische Pakt war wirklich harmlos gegenüber dem gegenwärtigen Zustand.

Es begann eine langwierige Phase mit sehr viel Bürokratie. Meine romantischen Vorstellungen verflogen sehr schnell und ich fühlte mich wie der

Hanswurst in einem Land mit toten Dichtern.
Sind wir nicht alle in irgendeinem System gefangen,
egal wo auf dieser Erde?

Welche Denkweise dominierte und welche Sprache
vorherrschte, wurde vom Zufall entschieden.
Wäre ich auf dem Planeten der Affen geboren,
sähen mein Lebenslauf und die Dokumente
anders aus. Leider waren die vorprogrammierten
Lebensbeschreibungen überall gleich einfallslos,
der einzige Unterschied bestand in der jeweiligen
Schriftart und in der Sprache. Das Individuum
blieb bieder an seinen Daten kleben, es konnte
sich nicht aus den Zwängen, die seit seiner Geburt
herrschten, befreien. Vielleicht schafften es nur die
Wenigsten, aber auch nur diejenigen, die Glück
hatten, anders denken zu können - man nannte sie
die "Aussteiger", und die Bezeichnung dafür lautete
in der Vergangenheit "Anarchie". Außerdem war
es schwierig ohne Kapital in das nächste System
einzutauchen oder unterzutauchen. Ohne Geld war

der Scherzkeks "Null" Wert - oh ja, ich jammerte meinem Konto hinterher! Dissidentenkonten waren gefährliche Attrappen, die staatlichen Bankhalter warteten nur auf eine verzweifelte Anfrage, dann schnappte die Falle zu.

A propos Scherzkekse. So wurde, laut neuesten Berichten, ein Systemdenker aus einer namhaften Institution herausgeworfen, nachdem er beweisen konnte, dass Geld überflüssig war und leicht abgeschafft werden konnte. Anschließend fand der Verzweifelte eine Anstellung als Hochseilartist in einem Zirkus - der tragischerweise vergessen hatte, ihm ein Netz aufzuspannen, weswegen er im letzten Moment zum Lufttänzer mutierte. Der Zirkus wurde schlagartig berühmt und es floss reichlich Geld in die Kasse. Nein! Das war *eben* nicht der "Fliegende Holländer", der durch einen Fluch verdammt wurde, mit seinem Schiff bis in alle Ewigkeit vor sich herzutreiben ohne Land in Sicht. Dieser Bericht war wirklich kein Witz!

Wir waren erneut in einem System gefangen, wo dienende Geister wie Schafe in die Enge getrieben wurden oder auch vorangetrieben wurden.

Sagte die gute Fee: *"Einen Wunsch haben Sie noch frei!"*.

"Danke, ich benötige weiterhin 50 Prozent der Einnahmen, um das System weiter zu fördern, anzukurbeln, zu beleben, und um die endlos anhaltende Verarmung der Mittelschicht aufzuhalten, so dass unsere Warenhändler erneut Käufer gewinnen. So könnten die Märkte ihre Statistiken besonders zur Weihnachtszeit verbessern".

Hoppla.

Der Neustart fing mit Sprachproblemen und mit Mentalitätsdifferenzen an. Ich wurde zum Aktenzeichen abgestempelt, eine Nummer, die ich bei jedem Kontakt erwähnen musste. Meine persönlichen, dreidimensionalen Koordinaten *Dr. Xly* reichten absolut nicht.

Die Kinder besaßen gute Fremdsprachenkenntnisse,

trotzdem war ihr Fachwissen am Anfang nur wenig hilfreich. Die erlernte literarische Sprache unterschied sich stark von der trockenen Sprache auf den Formularen. Die Jungs kamen mit den verwirrenden, gefühlsarmen Formulierungen nicht zurecht und mit den Unmengen an Fragen, die die bereits vorhandenen Antworten abermals hinterfragten. Das "Kleingedruckte" musste erst mal kennengelernt werden. Als ob wir die hilfesuchende Anfrage gar nicht ernst gemeint hätten! Die lange Warterei mussten wir wortlos erdulden, bis wir schließlich das göttliche Siegel, das uns als "zur Gattung Mensch zugehörig" eingestuft hatte, verdienten. Kopfschüttelnd fragte ich, *"was waren wir denn bloß vorher?"*.

Wir befanden uns in einem großen, erfrischend sauberen und gut gelüfteten Raum mit großen, breiten, leeren Bürotischen. Die liebliche Dame war mal gnädig, mal war sie es nicht. Sie wiederholte ihre Sätze allzu oft, vielleicht dachte sie, ich sei taub. Manchmal kam es mir vor, als ob sie fragen würde, was ich bei ihr überhaupt zu suchen habe!

Das neue Leben begann mit "Elektro-Schocks" nach dem Milgramschen Prinzip. Ich fing an, allergisch zu reagieren. Meine Gehorsamkeitsbereitschaft musste noch etwas länger durchhalten. *"Beherrsche dich doch"*, sagte ich mir. Die Existenz meiner Familie stand auf dem Spiel.

Eines Tages berichtete die Presse von einem Überfall in der Behörde. Da hatte doch irgendeine Person mit schlechten Manieren seine Erregung nicht bändigen können. Seither wurde das gesamte Publikum vor dem Eingangstor von der reimenden Securita-Firma "Das singende Muskelpaket von nebenan" untersucht.

> *"Zeigt her eure Taschen, zeigt her euren Brief.*
> *Und sehet den neugierigen Männern zu!*
> *Sie kontrollieren und durchsuchen*
> *den ganzen ganzen Tag.*
> *Sie schwatzen und tuscheln*
> *bei jeder Gelegenheit"*.

***

Kannitverstan!

Manchmal könnte ich vor Wut platzen. Ein verpasster Termin wurde von einem ehrenamtlichen Kojoten verursacht - ein unfähiger Übersetzer ohne gute Sprachkenntnisse, auch ohne Zeugnisse, der das Kleingedruckte glatt übersah! Eine schmerzliche Erfahrung, denn unsere Ration wurde laut § So-und-so nun stark gekürzt.

Immerhin: wir mussten nicht in dem berüchtigten Aufnahmelager Unterschlupf finden, wo Menschen wie Schafe eng aneinander gepfercht wurden und wo Seuchen und ungeheuerliche Dramen drohten. Das Gesetz gegen Massenhaltung galt nur für Tiere. Meine Kusine, eine Pianistin, hatte uns vorübergehend herzlich aufgenommen. Ihr Mann war ein ganz lockerer Typ, besonders nach einem Glas guten, alten Schnaps. Das Künstler-Pärchen half mit dem ganzen Wust von Papieren und Anträgen, um den gierigen Kojoten aus dem Weg zu gehen.

Bald zogen wir in eine kleine Wohnung mit kleinen

Fenstern. Sie lag in einem Viertel mit Armutszeugnis in allen Bereichen. Die Luftqualität der Umgebung war erdrückend, der Lärmpegel unerträglich hoch, die Autofahrer aggressiv und die Nachbarn grölend laut. Kein Baum war zu sehen, keine Blume und keine summende Biene. Blumen-ähnliche Wesen standen dort nachts, aufrecht und wartend unter dem gedämpften Licht der Verkehrsampeln.

So landeten wir im Gebiet der Entrechteten und der Diskriminierten. Mit der Parteirhetorik, die das Gemeinwohl sichern wollte, mussten wir uns trösten. *"Ohne Schwache gibt es keine Starken"*, behauptete der Guru von nebenan, - so ein Hai! Wieso lästerte man nur über die armen Slums in Indien? Das hiesige Rattenviertel mit mafiösen Halsabschneidern und Wucherern war doch nicht viel besser!

Ich erinnerte mich an die vielversprechenden Worte einer naserümpfenden Helferin: *"Nehmen Sie doch endlich die Wohnung! Unter der Brücke sind Sie adressenlos, dann kann ich nicht mehr helfen. Wo soll ich dann die Post hinschicken?"*, und *"eine bessere Wohnung finden Sie nicht."* Leider waren viele Vermieter fremdenfeindlich und diskriminierend. Uns blieb nur der schäbige Rest übrig, desolat, dunkel, feucht, schimmelbefallen. *"Fremdenfeindlichkeit existiert bei uns nicht!"*. Wie blind waren diese Menschen?

Lieber eine saubere Hütte eigenhändig im Wald bauen, fern von Chaos und Demütigungen. *"Stopp! Hören Sie mit dem Gedanken auf! Das ist illegal!"*. Und noch mal Hoppla!

Es grünte leider nicht so grün! Wir waren in unserem Schicksal so wie in einer geschlossenen Flasche abgefüllt und eingeschlossen, ohne uns befreien zu können. Die Metropole verteidigte ihre Bürger nicht - zu kompliziert und zu unübersichtlich! Die Cliquen-Wirtschaft dehnte sich nur in bestimmten Kreisen aus, genauso wie im Mittelalter. Das Syndikat wurde durch einen unsichtbaren Pakt, bekanntlich der mit dem Beelzebub, zum Beschützer der Profiteure, der Nutznießer und der Rhetoriker gut abgesichert. Wohlstand versus schlechte Arbeitsbedingungen und so weiter.

Wenigstens wurden die Instrumente der Strafgerichtsbarkeit, wie der Pranger und die Daumenschrauben, im Schatten der historischen Basilika entfernt, diese huldreiche Attraktion, die die Touristen massenweise verhexte!

Die neue Welt, in der wir lebten, hatte dystopische Züge. Der Klüngel hatte ordentlich Mist gebaut!

Nobody is perfect.

Alles wurde allmählich privatisiert und manipuliert. Tendenz steigend. Hippokrates drehte sich schon kopfschüttelnd im Grabe, denn die Gesundheit des Volkes wurde von Nicht-Medizinern gemanagt. Kassieren, kassieren, kassieren! Die schädlichen Brillen für zwei Euro vom Supermarkt waren kein Segen, mir taten schon die Augen weh. Die "Kluft" zwischen Reich und Arm wurde immer sichtbarer, denn jeder Zweite lief bereits mit Zahnlücken herum, und mit dem Elend in den Slums der sogenannten ärmeren Länder wollte sich keiner verglichen sehen.

"Der unbestechliche Tod holt uns doch alle ein, ob reich oder arm!", meinte zurecht einer der toten Dichter.

Am schlimmsten war der Neid gegenüber den "Anderen", der zunehmend gesellschaftsfähig wurde.

"Die Anderen?". Dummkopf! Bin ich etwa dein Klon?

***

Langeweile! Entwicklung zum Schwachmatikus!

Das Erlernen der neuen Sprache war mir schwerer gefallen als ich dachte. Allmählich mutierte ich vom Alpha-Tier zum Ypsilon. Im Traum erschien mir die schöne neue Welt von "Aldous Huxley" - eigenartig. Die graue Maus passte in meinem Fall haargenau. Wohin sollte meine Reise gehen?

Meiner Frau, einer ehemaligen Dozentin, erging es nicht viel besser. Sie durfte nicht lehren. Wir hätten uns mit unseren Berufen aufbauen können! Aber nein...! Ein Doktorgrad aus dem Ausland war nicht gut genug, außerdem waren wir nicht mehr 20 oder 30. Solche Äste wurden regelrecht abgesägt. Eine Chance sollten wir nicht bekommen.

Die Sicherheit unserer Kinder war immerhin die Hauptsache, und sie entwickelten sich prächtig. Meine Entscheidung vor nicht langer Zeit hatte sich gelohnt. Sie konnten ihre Lieblingsfächer studieren. Der ältere Zwilling wurde Ingenieur, der jüngere Musiker. Besser als Kanonenfutter! Kunst wurde in der alten Heimat genauso stark gefördert wie die Wissenschaft. Im Land der toten Dichter hingegen kämpfte die Kultur ums Überleben.

***

Der Abstand vom Nullpunkt war viel kleiner als 1.

In der Zwischenzeit waren einige Blätter meines

Tagebuchs verloren gegangen, auch landete später ein Teil in den Flammen des Kamins. Verdrängung?

***

Die liebliche Schwalbe aus dem sauberen Büro machte sich über meine höhere Bildung lustig, also durfte der Atomphysiker nichts anderes tun als den Besen zu schwingen. Auswahl gab es nicht, Elektroschock à la Milgram. Ich trauerte dem früheren Wächter des Reaktors nach. Meine neuen Kollegen in grauen Latzhosen mokierten sich über meine Wortwahl. Sie machten mir klar, dass ich nicht in ihre Mitte passte. Abends landete ich erschöpft im Bett und um vier Uhr früh fing der nächste Tag an. Man zog den Knecht fest an der Leine. Eingefangene Flaschengeister gab es also viele, in Seide und in Lumpen! Frustriert, unmotiviert, ein Wrack und kein harmonisches Eheleben mehr, das die abgründigen Gefühle hätte neutralisieren können.

Glücklicherweise bewarben sich unsere Jungs

rechtzeitig im Ausland, machten dort Karriere und stiegen auf. Mein Lob und ganzer Stolz! Geht fort, weit weg von der bedrohlichen Arbeitslosigkeit! Sie wussten jedoch nicht, wie es ihren Eltern erging. Die negativen Erlebnisse behielten wir für uns, sie sollten sich keine Sorgen machen.

Im Radio lief eine surreale Sendung: *"Gleiche Chancen für alle"*, mit wiederholten musikalischen Einlagen von Bob Marley, *"DON'T WORRY BE HAPPY"*.
Meine Umwelt schien sich in bizarre Landschaften zu verwandeln.

***

Arrythmik

Mein Körper schwang den ganzen Tag, rhythmisch wie ein Pendel. Abends mussten die Gelenke sediert werden. Ich rettete mich in Tagträume und

Erinnerungsbilder, um die Macht des Donnerbesens zu bezwingen. Was sollte ich sonst tun? Eine Zeitung im Park lesen? Dort war ich leider nicht alleine. *Vorsicht! Gehalt wird abgezogen! Marsch! Vorwärts!* Der tänzelnde Salsa-Schritt degenerierte allmählich zum Polka-Schritt eines Dengue-Kranken. Vorwärts stampfend im Plantagen-Stil mit unsichtbaren, langen Fersenketten! Die Wadenkrämpfe wanderten zum Hirn.

Erinnerungen sind eine gute Ablenkung. Ich lernte meine Frau beim Abschlussball kennen, wir waren noch so herrlich jung, und sie so schön, viel schöner als Pygmalions Galatea und das hübsche Blumenmädel Eliza Doolittle! Die Freundschaft überlebte unsere Studienzeit. Wir landeten an verschiedenen Universitäten und schrieben einander fleißig Liebesbriefe. Ihr Lieblingslied war bis vor kurzem der niedliche Ohrwurm von ABBA, *"Money money money, it's the rich man's world"*, den sie oft summte. Bis ihre Stimme neuerdings verstummte,

angeblich wegen einer "Stimmbänderzerrung"; sie übte für ihren Sprachkurs keine Gedichte, sondern das Nomenkompositum:

Mehrkornroggenvollkornbrotmehlzulieferer,

Grundstücksverkehrsgenehmigungszuständigkeitsübertragungsverordnung!

Wirklich schräg!

Pendel..., wisch...!

Der Alltagsbesen pendelte hin und her, wie das Pendulum von Toledo.

Ich begriff, wie wichtig diese Arbeit war, nur kehrten wir in den Wohngegenden der Syndikate, in Parks und nicht in unserem Rattenviertel.

Parisia, Londinium, Barcino, Avenio, Vindobona, wann komme ich euch endlich besuchen?

Gaudi, Niki de Saint Phalle, Picasso, Dali, Mozart, Clara Schumann! *Wartet bitte auf mich!*

Ich düste wie eine Drohne in die Freiheit über meine Lieblingsorte. Ein fliegender Teppich stand auch bereit, um flugs gen Osten und gen Süden zu schweben, über Dünen, Karawanen und Basare, über den Nil und über den Jordan! Leider war der levantinische Himmel nicht ganz so frei, verdammte Bombenflieger!

Auch nahm ich meine Familie mit. Ich schob den Kinderwagen mit den Zwillingen durch den Grand Canyon und wir ritten mit einer Karawane quer durch die Sahara. Wir paddelten auf Heyerdahls Kon-Tiki durch den Ozean und zählten die Piranhas im Amazonas. Bald schwebten wir mit dem Space Shuttle im Orbit des herrlich Blauen Planeten. Ich mutierte im Traume immer mehr zum netten Flaschengeist, der alle Wünsche meiner Familie von den Lippen ablesen und sogar erfüllen konnte.

Doch das Tagträumen wurde allzu anstrengend. Der Bazillus der harten Routine fraß sich tief in mein Hirn hinein und hinterließ einen sinkenden Pegel, der einen Erinnerungs- und Interessenverlust hinter sich herzog. Mein Kulturbewusstsein und mein Wissen wurden von den Alltags-Maden durchlöchert. Das gesamte Immunsystem, das biologische und das geistige, hing an einem dünnen Faden.

***

Der Gemahl meiner klavierspielenden Kusine bot mir seinen Schnaps an: *"Schon lange nicht mehr gesehen, alter Freund!"*. Mir wurde von seinem selbstdistilliertem Fusel schlecht und ich fing an zu halluzinieren! Sogar Trinken konnte ich nicht mehr! Schnaps war schließlich kein Sorgenbrecher und kein Allheilmittel, die Trugbilder quälten mich.

Der grinsende Wächter vom Reaktor lachte mir entgegen. *"Was? Du lebst noch, alter Kumpel? Hast Du keine Rückenschmerzen mehr?"*. Wie überglücklich ich war, ihn wiederzusehen! Der Reaktor-Chef rief mir hinterher: *"Wo bleibst Du denn? Wir brauchen Dich hier! Komm endlich zurück!"*. Auch die unbekannte Frau Professor Mauerblümchen hatte endlich eine Stimme bekommen. Sie sprach fließend

Cockney wie Ms. Doolittle. Eigenartig! Das hätte ich nie gedacht!

Hatte mich die Sehnsucht nach meinen ehemaligen Kollegen, Kolleginnen und dem altgewohnten Tagesablauf gepackt? Zehrte Heimweh an meiner Seele, weil ich keinen Halt in der Fremde gefunden hatte? Keine Bange, mein Geheimgelübde bewahrte ich sehr lange, trotz der Verjährung des Paktes mit dem verstrahlten Teufelskreis!

***

Briefpost aus dem Ausland! Unsere Zwillinge planten einen Besuch, der Anlass war unser Hochzeitstag.
Unmöglich! Ich wollte vor ihnen nicht vor Scham in den Boden versinken, ich verschwand auf Nimmerwiedersehen.
Meine Memoiren nahm ich mit.

***

Lebensabschnitt Z

Z, Zett, Zulu

Der absolute Nullpunkt

Independenz!

Ich kann meine drastische Aktion bis heute nicht erklären.

Irgendwann fand ich an einem Freitag eine alte zerknitterte Zeitung an der Straßenecke mit der winzigen und beeindruckenden Vermisstenanzeige auf der dreizehnten Seite, die sicherlich meine verzweifelte Frau aufgegeben hatte: *"Namhafter Atomphysiker verschwunden!"*.
Die Boulevardpresse fantasierte ihren eigenen Teil dazu, *"wer ist dieser geheimnisvolle Physiker?"*. *"So viele Jahre lebte er unerkannt unter uns..."*. *"Ein Spion?"*, *"wird er erpresst?"*, *"Mann mit Amnesie ist nicht der vermisste Physiker"* - auch nicht die Flussleiche.

Meine arme Familie! Meine Frau konnte sicherlich keinen Fuß vor die Tür setzen. Vielleicht versteckten sich die konspirativen Horden von Paparazzi und die schwarzen Limousinen hinter jedem Strauch. Warum interviewte der Paparazzo nicht die liebliche Schwalbe im sauberen Büro, die mich dem Pendulum geopfert hatte?

Der Wissenschaftler in mir wurde endlich anerkannt - posthum. Am liebsten hätte ich wie der einsame Wolf laut aufheulen wollen, doch meine Kehle versagte.

Wahrscheinlich war meine Wahl egoistisch. Aber in die hohle Zivilisation zurückkehren, das konnte ich nicht mehr. Sie entwickelte sich geradewegs in eine verwelkte Blüte. Lieber Affe sein als Mensch? Wer sagte einmal, Affen seien die besseren Menschen? Bestimmt nicht Jane Goodall, nur am Anfang ihrer Karriere äußerte sie diese Vermutung. Lange soll sie leben!

Keiner war besser! Unser Intellekt rettete die

Umwelt nicht, im Gegenteil. Die Welt wandelte sich in eine Soap-Opera, Homo Grausam war der Hauptdarsteller und die "möchtegern" assistierenden F>Fieslinge waren die Nebendarsteller, im Dress eines Neo-Rokokos, der Puderkult wurde durch Botox, Silikon und diverse künstliche Extras ersetzt.

Ich hatte mich entschlossen, als freier Eremit zu leben, und ernährte mich von Maden, Würmern, gerösteten Tauben, Enten, Kräuter, Pilzen und auch von Fisch. Ich wohnte in meiner gemütlichen Burg *"Blätterkron von Wipfel"*, die ich mein Eigentum nennen durfte. Ein kleiner Kamin mit einem knisternden Feuerchen gab mir Licht und Wärme. Von dort aus konnte ich die Matjesfischer beobachten. Ich war indes weit nach Norden gewandert, bis ich in einem hübschen Fischerdorf sesshaft wurde. Es war beruhigend zu beobachten, dass die Leute Netze benutzten und kein Dynamit. So blieben für mich einige Fische übrig. Der Erfinder des Übels, der übrigens ein Chauvinist war, stellte seinen Sprengstoff in fast hundert Fabriken

her, die in aller Welt zerstreut waren; die rassistischen Diamantminenhalter profitierten ordentlich davon, er bekanntlich auch. Bis eine kluge Pazifistin und Tierschützerin die Ambitionen des explosiven Geschäftsmannes nach langen Diskussionen etwas zähmen konnte. Hut ab, liebe Bertha. Der umweltschädliche Abbau, auch durch diverse andere Methoden, mochte jedoch nicht aufhören! Die Starken wollten es so, auf Kosten der Natur und der indigenen Völker - bis die Erde eines Tages für alle biologischen Wesen nicht mehr bewohnbar wird.

Mit solchen quälenden Gedanken hörte ich bald auf.

***

Das Dorf akzeptierte mich als gütigen Eremiten und ließ mich zufrieden. Besonders die Kinder suchten bei mir Rat, denn Mathe- und Physikaufgaben waren für ihre Eltern zu kopfzerbrechend. Auch hatten die kleinen Pfadfinder bei mir gelernt, Matten für die

Wildnis zu flechten. Dafür schenkten sie mir ab und zu Brennholz für mein Feuerchen.

Das hätte ich nie gedacht und möchte es noch kurz erwähnen: Ich besaß eine kleine Rente für die kleinen Extras. Vor meiner Burg *"Blätterkron von Wipfel"* stapelte sich eine große Ansammlung leerer Flaschen von der Straße und aus den Müllcontainern der nahe gelegenen Stadt, die ich fleißig gesammelt hatte. Ich musste allerdings aufpassen, dass dieser kolossale Berg keine Lawine auslöste und das freundliche Dorf dort unten im Tal zuschüttete. Der Erlös machte mich nicht reich. Das war nicht allzu schlimm, denn ich musste keine Miete zahlen. Diese Ware brachte etwas Geld ein, mal für neue Gummistiefel oder für Seife, Zahnpasta, für Kaffee und Milch und überdies, für gebrauchte Bücher. So konnte ich zufrieden den Alltag meistern. Die Kinder vom Dorf nannten mich den guten Flaschengeist aus Colonia Kapitulana, wegen der gestapelten Unmenge von Flaschen vor meiner Tür, weil ich immer hilfreich war, und weil sie mein Bild in der Presse leider erspäht hatten. Wenigstens wurde die Presse nicht informiert, die Konsequenzen für das gemütliche kleine Dorf wären viel schlimmer als die Flaschenlawine gewesen - wahrhaftig, das ahnten diese Leute.

Eines Tages würden die Kinder ihre Eltern nachahmen und mich ganz vergessen. Die Erwachsenen litten bekanntlich am schlimmsten unter Gruppenzwang.

Als Einsiedler musste ich mich noch nicht mal neu erfinden, vielleicht doch nur ein klein wenig. Ein Phantom, das sich endlich im eigens kreierten, friedlichen Eldorado, eine Welt ohne Bosheit und Habgier befand. Keine Höllenfahrt mehr! Die sichere und kleine Rente war auch keine Schmach, denn ich tat etwas Gutes für die Umwelt. Es ging mir viel besser als anderen, die wegen der neuen Rentenpolitik fast alles verloren hatten.

***

Gemütlich hockte ich vor meinem Kamin und schrieb die letzten Gedanken auf. Das Denken war schon schwer geworden. Vor mir leuchteten die Sterne am Himmel, lauter winzige und mückenhafte Synonyme schwebten über meinem Kopf. Manchmal fragte ich mich, was mit mir los sei. Eigentlich war ich nicht mehr und nicht weniger als ein Antonym.

Die Menschen verlernten bedauerlicherweise die Kalligraphie. Ich konnte mich am besten konzentrieren, wenn ich Tinte und Feder benutzte. Die Gedanken flossen frei dahin, wie die Wellen, die die Meerengen überfluteten, wie die befürchteten Tsunamis, die die Landstriche hinwegfegten.

Ein Tagebuch? Nein, eher ein Dekadengedanken-strich-Buch. Ohne "Z" bitte! Diese beschrifteten Papierrollen wollte ich für die Nachwelt konservieren, hoffentlich wird dadurch niemand verunsichert.

Ein paar Tage später saß ich am Ufer und rollte mein Tagebuch zusammen. Ich führte es penibel durch die etwas breitere Flaschenhalsöffnung der großen und bauchigen Flasche ein. Meine Vergangenheit versenkte ich behutsam ins Wasser, mit allen ihren Geheimnissen, mit den vielen Fragen über Moral und mehr, um das bestehende Optimum zu bewahren. Das erstrebte Vergessen konnte eintreten. Lieber frei sein, wie ein Nomade!

Adieu und viele Grüße an meine Nachwelt.
Auf eine bessere Welt!

Falls meine Flaschenpost aus dem Meer wieder auftauchen und von Dir gefunden und geöffnet werden sollte, dann fliegt Dir eine reine Seele entgegen, die - wer weiß wie lange - gefangen war. Ich hoffe auch sehr, dass meine Geschichte für Dich nützlich war.

Dr. XY

Personen, Ortsnamen und Handlung

sind frei erfunden.

Kurzfassung

Der Ich-Erzähler und der Ort "Colonia Kapitulana" in dieser Novelle sind fiktiv. Der Begriff "Flaschengeist" ist eine Parabel. Wir alle, überall auf der Welt, sind wie der Flaschengeist aus dem Märchen, Dienende in einem System, das mächtiger ist als wir selbst, in einem System, in dem das Individuum gefangen und befangen bleibt. Ein erwünschtes Ausbrechen aus der schützenden Kapsel ist nicht leicht, die ersehnte Befreiung schaffen nur Wenige.

Der Ich-Erzähler in dieser Novelle – man könnte ihn als Teil des akademischen Prekariats sehen – ist von Beruf Atomphysiker, der zunächst in seiner Heimat in seinem System angepasst und erfolgreich ist. Seine kritische Haltung gegenüber den Zuständen an seinem Arbeitsplatz behält er für sich. Doch eines Tages ist das Fass voll, er verlässt über Nacht das Land mit seiner Familie. Alles Materielle lässt er zurück, sein Geld, den piepsenden Geigerzähler. Sein Zielland ist Colonia Kapitulana - nach seinen romantischen Vorstellungen das Land der Dichter, der Denker und der Sagen. Dort angekommen freut er sich zunächst, weil er sich aus seinem verstrahlten Teufelskreis hat befreien können. Er ahnt noch nicht, dass es schlimmer kommen kann. Seine Frau und er, beide Akademiker, durchleben in der neuen Wahlheimat eine prekäre Situation, wovon sie sich beide nicht erholen.

Der Mann hält es schließlich nicht mehr aus und verlässt heimlich seine Familie und sein trostloses Umfeld. Zurück in die dystopisch geprägte Welt will er nicht mehr, obwohl ihn die ihm geltende Vermisstenanzeige rührt und die Presse "posthum" den verkannten Mann der Wissenschaft letztendlich anerkennt. Er lebt als freier Eremit, in der Nähe eines friedlichen Dorfes am Meer. Die Dorfbewohner lassen ihn in Ruhe. Er lebt von dem Erlös seiner gesammelten Pfandflaschen. Weil die Dorfkinder den verwahrlosten, dennoch hilfreichen und freundlichen Flaschensammler in den Pressebildern erkannt haben, nennen sie ihn den gutgesinnten Flaschengeist aus Colonia Kapitulana.

Um die nachteilige Vergangenheit zu vergessen, schreibt der Aussteiger seine Geschichte nieder, um sie sogleich als Flaschenpost ins Meer zu werfen. Nach Hundert Jahren entweicht alles als beeindruckender Hauch aus der vom

Finder geöffneten Flasche. Seine letzten Worte sind:

Er wünscht uns allen eine bessere Welt.

***

Erläuterungen

Ada: s. Lovelace.

Aldous Huxley: (1894-1963) britischer Schriftsteller, bekannt für seinen dystopischen Roman "Schöne neue Welt".

Antonym: Gegensatz.

Avenio: s. Parisia.

Barcino: s. Parisia.

Bertha: (1843-1914) Bertha von Suttner. Schriftstellerin, Friedensforscherin (Die Waffen nieder! 1889) und die erste Frau, die mit dem Friedensnobelpreis ausgezeichnet wurde (1905). Außerdem war sie gegen Tierversuche und gehörte der Frauenbewegung an.

Blätterkron von Wipfel: Äste, Blätter.

Colonia Kapitulana: eine fiktive Stadt. Kapitulana, freies Wortspiel, "kapituliert". Colonia, der Titel Colonia wurde in der römischen Kaiserzeit an bestehende Städten außerhalb Italiens verliehen.

Dynamit: der Erfinder war der schwedische Chemiker und Geschäftsmann Alfred Nobel (1833-1896).

Dynamitfischerei: heute in Europa verboten. Verbreitung z.B. in Ostasien u.a. Regionen.

Dystopie: das Gegenteil einer positiven Utopie.

Eldorado: im übertragenen Sinn: ein Gebiet mit idealen Bedingungen; Traumland, Wunschland.

Eliza Doolittle: ist die junge Blumenverkäuferin, ohne Schulbildung, mit Cockney-Akzent, aus "My Fair Lady". Professor Higgins bildet sie sprachlich aus, um, so hofft er, ihren Stand zu verbessern.

Es grünt so grün... : (... wenn Spaniens Blüten blühen...), ein Lied aus dem Musical "My Fair Lady".

Galatea: s. Pygmalion.

Goodall, Jane: (geb. 1935) britische Verhaltens- und Tierforscherin.

Kannitverstan: niederländisch: "Ich kann es nicht verstehen". Eine Erzählung aus den Kalendergeschichten John Peter Hebels (1760-1826).

Londinium: s. Parisia.

London Bridge is Falling Down: ein englischer Kinderreim.

Lord Byron: (1788-1824) englischer Dichter; Vertreter

der englischen Romantik (Schwarze Romantik); Freiheitskämpfer (Griechenland).

Lorelei, Lore Lay: Dichtung der Romantik: Clemens Brentano (1778-1842) schrieb eine Ballade über die "Nixe" Lore Lay; Josef Fr. v. Eichendorff (1788-1857) und Heinrich Heine (1797-1856) verewigten die Sagenhafte in ihren Gedichten. Der Loreleyfelsen liegt am Ufer des Rheins (Rheinland-Pflaz).

Lovelace, Ada: (1815-1852) Tochter Lord Byrons und erste Programmiererin (Computergeschichte).

Milgram-Experiment: 1961. Ein vom Psychologen Stanley Milgram und mit Versuchspersonen durchgeführtes Experiment. Ziel war zu untersuchen, inwieweit die Strafen vom "Lehrer" (nicht eingeweihter Gast) erhöht wurden (vermeintliche Elektroschocks), wenn der "Schüler" Fehler machte (Eingeweihter auf dem vermeintlichen Elektrostuhl).

MMXIX: römische Zahlen, 2019.

My Fair Lady: Bühnenmusical und Film nach der literarischen Vorlage (Pygmalion) von George Bernhard Shaw (1856-1950).

Nullpunkt: die Bezeichnungen "absoluter Nullpunkt", "vor dem Nullpunkt" usw. sind aus der Temperaturphysik bzw. aus der Tieftemperaturphysik entlehnt. Hier eine Allegorie.

Nullpunkt, Abstand kleiner als 1: die Einheitskugel (Mathematik). Hier eine Metapher.

Omega Ω, ω: Der letzte Buchstabe aus dem griechischen Alphabet. Omega symbolisiert das Ende und ist damit das Gegenteil vom Anfang (A, α). Das "Omega-Tier" ist das Gegenteil vom "Alpha-Tier". Ω wird als Formelzeichen in wissenschaftlichen Sprachen verwendet.

Parisia, Londinium usw.: entlehnte Ortsnamen aus der Antike (hier u.a. auch in abgekürzter Form), in der Reihenfolge/im Text: Paris, London, Barcelona, Avignon und Wien.

Pendulum von Toledo: nach Edgar Alan Poes Kurzgeschichte "The Pit and the Pendulum".

Philosophen (Pl.): hiermit ist Immanuel Kants (1724-1804) Auseinandersetzung mit der Aufklärung gemeint (Berlinische Monatsschrift, 1784, Bd. 2). Kant erklärt die Aufklärung und den Ausgang aus der selbstverschuldeten Unmündigkeit.

Pygmalion: (grch. Mythologie) Pygmalion verliebt sich

in das von ihm selbst geschaffene Kunstwerk, die Statue **Galatea**. Venus haucht ihr aus Mitleid Leben ein. Diese Legende inspirierte die Dichtung (J. W. Goethe, F. v. Suppè, G. B. Shaw, u.a.).

Vindibona: s. Parisia.

X-Ray (X), Yankee (Y), Zulu (Z): Diese Signale, u.a. für den Seefunk und für das Wasser-Flaggenalphabet, werden metaphorisch verwendet. Die Signale auf dem Wasser: X-Ray: stopp - meine Signale abwarten; (Regattasignal: Einzelrückrufsignal). Yankee: Treibe vor Anker; (Regattasignal: Schwimmwesten anlegen). Zulu: benötige Schlepper; (Regattasignal: Regel 30.2).

X,Y,Z: xyz-Achsen. Hier ein Metapher.

Zeigt her eure Taschen, zeigt her euren Brief: nach dem Kinderlied "zeigt her eure Füßchen, zeigt her eure Schuh...".

***

Mein herzlicher Dank geht an meine Lektoren Angelika
Marks und Frank Siegmund sowie an Ferial Khoury-Bec für
Satz, Layout, Bildbearbeitung und Coverdesign.

Agence design / graphique-France
http://birdtreeblue.com

"Der Flaschengeist aus Colonia Kapitulana" wurde von der Autorin im Rahmen der 5. Kölner Literaturtage ("Klassenlos. Wer zahlt? Wer zählt? Wer nicht?") am 11.10.2019 im Kölner DGB-Haus erstmals öffentlich vorgestellt.

Publikationen von Bassima Khoury:

Riman und der wundersame Greif. BoD Norderstedt. 2016 (Taschenbuch und Gebunden).

Frau Gott. Ein satirischer Sketch. BoD Norderstedt. 2018.

Felsen und Steine. Kurzgeschichten. BoD Norderstedt. 2019.

Kauderwelsch. Über das „Code – Switching". In: Šimo Ešić (red.), Mein Zweisprachiges Ich. Gedichte und Geschichten von in NRW lebenden SchriftstellerInnen aus vielen Ländern. (Tuzla 2019: LIJEPA RIJEČ – Schönes Wort). Seite 130 – 135.